THE RETCHING OF OGRE

THE CREATURE ENHANCED IN BIHAR

SUMEET KUMAR

Copyright © Sumeet Kumar
All Rights Reserved.

ISBN 979-888591767-4

This book has been published with all efforts taken to make the material error-free after the consent of the author. However, the author and the publisher do not assume and hereby disclaim any liability to any party for any loss, damage, or disruption caused by errors or omissions, whether such errors or omissions result from negligence, accident, or any other cause.

While every effort has been made to avoid any mistake or omission, this publication is being sold on the condition and understanding that neither the author nor the publishers or printers would be liable in any manner to any person by reason of any mistake or omission in this publication or for any action taken or omitted to be taken or advice rendered or accepted on the basis of this work. For any defect in printing or binding the publishers will be liable only to replace the defective copy by another copy of this work then available.

Sumeet Kumar

Sumeet Kumar , A adult who experiences many phases of love in his life , get broked many times , stands up every time and keep moving to the next phases of the life.In reality he is a writter as well as singer (as a hobby). Very exciting and interesting fact about him is that he is aauthor of New era i.e. he starts his journey of writing at the age when he was going to schools to get the study . His some famous works i.e. Maturity Of Love (Genre - Love),Privacy For Dream (Genre - Middle Class), Army Squad ofLove (Genre- The Seperation of Army Love), 5 Days of Love(Genre- Temporarily Love), Th e Endearment Of Love(Genre - Historical Era Of Love), Social Destruction Indo-Pak (Genre - The Story of The Love At The Time Of Division Of India And Pakistan), Middle Class Soul (Genre - The Dreams of Middle Class), The Accursed Kanatpur (Genre -The Horrific Story Of A Village), Wrong Number (Genre -The Suspenseful Physco Killer Story), The Secrecy OfDeadly Midnight (Genre - The Suspense About a Crime),Fragile Religious Of Death (Genre- The Death Of A TrustfulPerson), Nature Vs Science (Genre - The Future Battle Between Nature And Science In A Horrific Way), Generic Man (Genre - The Dream of I.I.T), The Unconsious 12 Hours(Genre - The Illusion At Stage Of Comma), The StrangeBurden (Genre - The Burden Of Love) , Her Existence (Genre- The Female Pain In The Society) , Jockstrap Prize (Genre -The True Story Of A National Athlete) , H Man [Hindi] (Genre - Superhero Tragic Story), H Man [English] (Genre - Superhero Tragic Story) , Maturity Of Love [Englsih] (Genre - Love) and many more are available on various geners on the offcial platform of **Amazon, Flipkart and Notionpress**. You can buy them from there.

Contents

ACKNOWLEDGEMENTS

Aman Kumar

Special Thanks to **Aman Kumar** who worked so hard in the preparation of this book. He has continually put with my passive voice, omission of words, and late night calls. You have be en wonderful. Thanks to him for his precious time in reviewing proposals , individual chapters and early drafts, along with his suggestions on the applicability of the material to the world.

I
THE PAIN OF AGES

Ek zindagi mein ham kayi tarah ki mushibato ka
samna karte hai ,uske sath rehte hai ,unki baateion bhi
karte hai aur kayi toh aishi bhi hoti hai jo ek dard ki tarah
hamari yaadeion hamesha kishi khamoshi ki tarah un

chaar deewaro ki mehfil mein ek aishi shaan bann jati hai jiski zarrorat kishi ko nahi hoti ,kehte hai ham apne umar har ek insaan ki baat mann sakte hai ,per vhi umar ka padhav agar kishi budhap ki shakl mein najar aaye yeh vo do baateion hamse adheek kehde toh ham unki baateion ko najarandaaz kar dete hai ,unki har ek baateion ko ek aishi aehmahiyat de baith thhe hai jiski fidrat hamesha nafrat ki un gaaliyon seh hokar gujarti hai jo hame har waqt kishi na kishi tarah ki barbaadi ko mahasoosh karne ki wajah deti hai ,lamhe kuch ish tarah ki banabat hai jo waqt ki parchai ke har ek hisse ko taza kar deti hai jishe ham dubara kabhi dekhna nahi cahte hai ,mein un lamho ki baat nahi kar raha jo khusiyon ki chaar deewaro mein beet chuki hai ,mein un lamho ki baat kar raha hun jo dard ki un chaar deewaro mein beetne vali hai ,hamare ateet ke har un lamho ki khamoshi banne ja rahi jiski soch bhi kishi ke khwaab ko usse ish kadar alag kar deti hai ki iske baad vo kabhi ush khwaab ki parchai ko dekhne ki talim ko bhi apni barbadi samjhata ho ,ish duniya mein kayi rsihte bante hai ,aur kayi tutt thhe bhi hai ,aur kayi banaye bhi jate ,aur kuch toh ish tarah ke bhi hote hai jo ek taraf mohabatt ko darsate hai ,aajkal log bade asool seh chalte hai vo bhi un cheezo ke mamle mein jiska upyog unhone ek baar toh kar liya hai per vo ushe dubara istamaal nahi karna cahte, agfar koi vastu hai toh ye baateion lagu ho sakti hai per agar ushi ke jagah apne rishto hue toh ,vo rishte jisne hamara kabhi sath nahi chhoda ,har waqt har jagah bash hamara sath diya hai ,agar hsam unhi rishto ko ek baar upyog kar ke dubara ushe fhek de ,toh kay sach mein ek insaniyat ke darje ko upar lekar jayegi yeh ushe hamesha ke liye neeche ,waqt ki khamoshi kishki bhi saksh ko barbaad kar deti hai yeh toh suna tha per agar vhi baat kishi parivaar per lagu ho toh ,rishto mein mili taqleef ish duniya mein koi nayaab cheez nahi hai ,kyunki yeha toh har din kayi tarah ke rishte bante bhi hai aur tutte thhe bhi hai ,aur kayi jodne ki koshish bhi karte hai ,ek pita jisne bhale hee apno baccho ko janm na diya ho ,aur na hee ush ma ki tarah usne ushe 9 mahino pala ho ,phir bhi ush pita ne uska harr morr per sath diya hai ,har uhs manjil per vo uske sath khada raha jaha uski ma bhi ush waqt kamjoor per gayi thi ,mein kabhi bhi ek ma aur pita ke rishte ki gehraiye nahi bata sakta kyunki en dono ke darje hamare samaj mein barabaar ke hai ,per kuch log ish duniya mein abhi bhi hai jo ye mante hai ki ma ka darja hee sabse upar hai ek pite seh bhi upar ,per kya ye haqqeqat hai ,mein toh kaffi hadd ye mahasoosh bhi karta hun ,per jab apne dil ki ush khamoshi ko sunta hun toh kuch waqt ke liye mein bhi khamosh ho jata hun kyunki bahle hee ush pita ne hame apne garv mein 9 mahine na pala ho ,per usne zindagi ke har ek mahine mein hamara sath diya hai ,chhoti shi ush ungli ko pakad kar hame purri duniya dikhay hai ,hame chalna sikhaya hai ,samaj ki baateion ko sunkar kaishe aage badhna hai hame vo bataya hai ,aajkal ki sachai yehi hai ki jo log hame kathor lagte hai ,ye jo waishe baatein karte hai ,hame unse nafrat hone lagti hai vo bhi sirf ek wajah seh ki vo hamesha sachi ke sath rehte hai unhe aage badhate hai aur hamar bhala cahte hai . ek ma baap toh apne bacche ko purri umar tak pal sakte hai per jab vhi baat ush baache per nibhane ki aati hai toh vo un rishto ko bhi chhod deta hai ,asliyat toh yehi aur kaffi hadd tak sachi ,kuch log toh aishe bhi hai ish duniya mein ,kayi logge ko meri ye baateion sunkar taqleef bhi hogi per kalam ki dhar agar asliyat na likh sakun toh sachhe nagriq ki pechaan kaishe dikha payunga .

ish duniya mein log haqqeqat seh kaffi darte hai aur jab

vhi baat ek rishte per lagu ho aur jab samja uski sachi sab ke samne dikhata hai jishe ham badi shiddat seh kishi ke samne nibhta hai aur jab vhi rishte kishi wajah seh tutt jate hai toh unki har vo parchai hame taqleef deti hai ,unki vo har vo yaadeion hamare jehan mein matr ek jehar bankar hame har din maut ka aehsaas dilati hai ,aur hame ush aehsaas seh durr bhi nahi ja pate hai ,log kayi baar kohsish karte hai ki ish dard seh ham kishi bhi tareqqe seh bash durr ho jaye per bahut koshisho ke baad bhi ham unki parchai seh kabhi durr nahi ho parte hai ,aur durr ho bhi kaishe jish dard ki sachai ham apni aankehion ke samne har roj dekhte hai vo sachi bhi toh kahi na kahi hamare apne ki hee toh hai .

har roj un rishto ko banana phir un rishto ko nibhana ,ushe jodd kar rakhna uske tutte per ush taqleef ka samna krna ,phir uski yaadeion mein khud ko taqleef dena ,ush khamoshi ko har roj jhelna ,aur unki yaadeion ke banaye har ek lamho ko bash apne jehan mein jinda rakhna ,yehi toh zindagi bann jati hai na unke jaane ke baad .

har ek ish duniya mein umar ki seema paar karta hai ,apne ateet seh lekar apne bhootkal aur bhavishy ki pechaan banta hai ,log badalte hai hai unke rishe badalte hai ,unke halat badalte hai per unki fidrat ki umar kabhi nahi badalti ,kyun nahi badalti ?kya kabhi kishi ne iske baare mein socha hai ,nahi na ,per mein iski sachai batana cahta hun ,insaniya ki door agar hamse kahi na kahi thodi shi bhi jodi hai toh uske peeche matr ek hee wajah hai vo hamari fidrat hai ,kyunki waqt rehte bhale hee hamari cahat badal jaye per hamari aadat kabhi nahi badalti .

mein jish saksh ki kahani aap sab ko batne vaal hun , sayad unki taqleef ko mein na samajh sakun per unke dard ko mahasoosh kar sakta hun ,kyunk jish khamoshi ki deewaro mein unhone apne dard ki kahani likhi hai sayad ushe na toh koi dusra baayan kar payega ,aur na hee ush taqleef seh koi gujar payega .

ek insaan ki jab soch kishi aishi manjil per rukk jaye jaha raste bahle hee kathi ho per ushe parr karne mein jab koi apna uska sath de de toh vo ush taqleef ko kuch waqt ke liye apen jehan seh durr kar deta hai ,per agar vo manjil khuhsiyon seh bhari ho per uske raste kathin ho ,aur ish waqt jab koi apna sath nibhane vala na ho toh ham ushe kabhi bhi parr nahi kar sakte .

mein purri sachai bhi sayad en paano ki saugato mein aap sab ke samne jahir na kar sakun ,kyunki jish khamoshi ko unhone ush waqt jehla tha sayad mein ush kahmoshi abhi kaffi durr hun ,mein unki tanhaiye ko mahasoosh hee nahi kar sakta ,rishte ,parivaqar ,dosti ,pyaar ,maine suna tha ye ishlioye hote hai ki jab ek saksh taqleef mein toh ye saare rishte ek dewaar ban kar un mushibato ka samne kare aur ush saksh ush dard seh rihaee bhi kare ,ish duniya mein ham jab bhi aishi mushibato mein hote hai jinhe ham khud seh kabhi durr nahi kar sakte ,per aishi baat bhi nahi ki ham ush waqt unhe khud seh durr karne ki har ek koshish bhi nahi karte ,koshish karte hai per sayad hamare hisse mein ush waqt vo fateh likhi hee nahi hoti hai jo hame ush dard seh aazadi dila sake ,vo toh beigairaat ek hisse mein khudh ko mehfooz rakhti hai jaha uske rishte anjaan hai ,vo bhi bilkul uski khushyion ki tarah

aishi baat nahi ki log koshish nahi karte ek dusre seh durr jane ki ,rishto mein agar thodi shi bhi daraar aa jaye toh aajkal ham ushe jodne ki wajah ,ushe khud seh durr kaishe kare bash ishi ke baare mein sochte hai ,toh phir un rishto ko banaya hee kyun ? kyun ek dusre seh bhari mehfil mein

jhute vaade kiye ? kyun ek dusre ki wajah bann jate hai vo
bhi taqleef ki ,jab sath nibhana hee nahi tha ,toh kyun
khwaab unhe puur karne ke .
umr agar chhoti hai toh dard ki khairat ko aap khud
seh durr kar sakte hai ,per uski khairat umar ke sath lambi
ho jaye toh ush waqt uski pechaan bhi badh jati hai aur
unki yaadeion toh jehan mein bash ek dard bankar hee
safar mein najar aati hai .

"

**KI TUTT
KAR BHI
JUDNE KI
KOSHISH KI
HAI
ANDHREO KI
SACHAI MEIN**

**MAINE
KHUD KO
DHUNDNE
KI SAJISH KI
HAI
MEIN JANTA
THA MEIN
USH
TAQLEEF
KO JHEL
NAHI PAYUNGA
PHIR BHI
KUCH RISHTO
KI WAJAH
MAINE**

UNSE
YAARI
AAJ GEHRI
KI HAI. ”

kehte hai umar kishi ki mohtaaz nahi hoti sirf waqt ki gehraiye ko chhodkar ,kehte hai waqt ke sath hamare halat bhi badlate hai ,toh rishto ki pechaan kaiseh nahi badlegi ,aasyun ki keemat kishi saksh ko tab pata chalti hai jab koi apna ush waqt uske sath na ho ,kehno ko toh ruhh ek aishi cheez hai jo hamse kabhi bhi alag nahi hoti per jab iski jagah kuch aiseh rishte mill jate hai jo hame khud seh zyada ache lagne lagte hai tab hamari fidrat kuch ish kadar badalti hai jaishe ki hamne kabhi khud ko ush aayne ke samne dekha hee na ho ,aayana har kishi ki sachi dikhata hai per kabhi khud ki sachai na toh usne kabhi dikhayi hai aur na hee koi aishi shiddat hai duniya mein jo uski asliayat ko hamare samne la sake ,kuch log ish duniya mein badi achi inayat seh apni purri zindagi khusiyon ki parchai mein jeen ki koshish karte hai,aur unme seh kayi toh ush umar ke paravh ko parr bhi kar lete hai ,aur jo bakki bache hue hote hai vo bash ish aash mein rehte hai ki kishi bhi tarreqe seh har ek din tabusaam ki pechaan mein beete.

jish saksh ne apni purri zindagi un tanhayie ki chaar deewaro mein bitayi hai jishe khamosh gaaliyon ki sajavat bhi kehte hai ,ush saksh ko marg ki koi zarrorat nahi hoti ,kyunki asliyat mein vo saksh jinda hota hee nahi hai ,uski ruhh toh usse bahut pehle hee durr chali jati hai ,jish din usne ush tanhaiye ki chaar deewaro mein khud ka aashiyana banaya tha,rehne ki fidrat kishi ko nahi hoti un gaaliyon mein per majboori bhi vo beigairat pechaan jishe har koi apne hisse seh alag rakhna cahta hai , mein jish saksh ko aap sab seh waqif karvane vala hun ,ush saksh ne apni tanhaiye ko jish umar mein jhela hai sayad bahut kam aishe log hoge jo ush khamoshi ko jhel payege ,samaj ki baateion ye kehti hai aur har waqt ye dilasa deti hai ki zindagi jeene ke liye ,daulat ,roti ,kapra makan aur sabse importanat oxygen ki zarrorat hoti hai jo ek saksh ko jinda rakhti hai ,per banabati soch ke peeche hamara samaj ye bhul chuka hai ki mohabatt bhi behad zarrori kishi murde saksh ko bhi jinda rakhne ke liye ,ish duniya mein har ek cheez dubara hassil kar sakte hai per rishte dubara kabhi nahi milte agar hisse mein kahi mill bhi gaye toh pehle jaishe nahi hote ,agar saksh apni cahat ko thoda kaam kar de toh beshak ye lajmi hai ki rishte kabhi tutte ge hee nahi aur na vo tanhaiye un gaaliyo ki shaan banegi jiske kareeb koi nahi jaana cahta .

**"*KI AEE*
KHUDA
AAB PEHLE
JAISEH
HALAT NAHI
HAI
JISHE
DEKH
KAR MEIN
KHUD
KO MEHFOOZ
KEHTA THA
PER
BAIGAIRAT
KUCH
YAADEION
*HAI UN***

RISHTO
KI
JINKI KHUSHI
KE
LIYE MEIN
AAJ BHI
MARTA
HUN. ”

jab koi saksh apni tanhaiye ko chhodkar apni khushi dhundne lage na toh ush waqt jish sahare ki talab mein vo mashoor rehta hai ushe hee asliya mein ek parivaar kehte hai ,vo parivar jisne uska kabhi sath nahi chhoda ,cahe kaishe bhi halat vo har waqt ,har ghari bash ush saksh ke pass thhe ,uski fidrat badli ,uske halat badle phi bhi unhone sath nahi chhoda ,per beigairaat kuch halat aishe bho hote ki jab aapke sab kuch ho na toh vo rishte aapke sath nahi hote ,jeene ki khawish har kishi ko hai cahe vo gareeb ho ye ameer per tanhaiye ki tabusaam sirf ushi saksh ko naseeb hoti jisne ush barbadi ko apne samne mehfooz hote dekha hai , na en baateion ka koi aant hai aur na hee iski kabhi kishi ne sururaat ki hai ,kyunki ek insaan ki soch vhi rauk jati hai jaha daulat apni pechaan bhul jati hai ,naseeb mein agar kuch bhi nahi toh aap badi ashani seh ushe hassil kar ke jeene ki koshish kar sakte ho per agar naseeb mein sab kuch bahut pehle seh shammil hai toh vo mehnat kabhi aage badhne nahi degi ,khair baateion ki sauagt mein kaffi keh chuka aab ush saksh ki tanhaiye ko bhi apne sabdo mein aap sab ko samjhane ja raha hun .

II
SURVIVAL WITHOUT SOUL

Aehamayiat ek maukhate ki tarah hai hamari zindagi
mein jihse har ek saksh kishi aur ke samne badi
samajdhari seh pehanta hai kyunki isse badi fateh zindagi

mein kabhi kishi ko naseeb nahi hoti ,kuch log iska istamaal isliye karte hai kyunki unki tanhaiye kuch ish kadar tak badh chuki hai ki aab vo ushe jhel hee nahi pa rahe ,aur kuch log toh ishe bade saukh seh apni beigairat mashuka mante hai jinse dard ki jagah mohabatt kaffi hai ,aur kuch log toh ishe haadse ki tarah bhi samjhate hai kyunki unhe ye lagta hai ki zindagi mein jo kuch unke pass hai vo ek haadsa hee hai ,gareeb ho cahe ameer mohabatt ki khairat har kishi ke liye ke hee hoti hai ,ye vo dharm jiski koi seema nahi aur na hee koi jaati hai per bishvaash ki keemat har kishi ko pata hai,ham jab janm lete hai tab hame kuch niyamo ke baare mein khabar bhi nahi jo ush khuda aur uparvale ne badi shiddat se banaya vo bhi hamar manav jaati ke liye ,unme seh ek ye hai ki agar aap zindagi mein kishi ke peeche bhagte ho toh vo cheez apko kabhi naseeb nahi hogi aur na hee apki taqdeer ki cahat banegi ,asliyat toh yehi ki log aksar behak jaate hai kishi ki mohbatt mein ,per jish saksh ke baare mein jahir karne ja raha hun unki kahani hee kuch aishi hai jo sayad har koi na samaj na sake kyunki kehte hai alfaaz har kuch baayan nahi karte ,insaan ki shiddat bhi badi zarrori hai kishi ke halat ko samjhane ke liye, insaan apni zindagi mein aage ishliye mehnat nahi karta ki ushe aage badhna hai ,vo aage ishliye badhna cahta hai kyunki kuch rishto ki khairat ish kadar seh uske sath judi hui hai ki vo ushe cahte hue bhi khud seh kabhi durr nahi kar sakta ,jab ek chhoti shi muskaan ish duniya mein janam leti hai toh usne kabhi ye nahi socha hoga ki uske aage ki zindagi kaishi hone vali hai ,per uski hisse mein ushe ish cheez ki khabar zarror hogi ki ushe kuch rishte nibhane hai vo bhi aage jakar ,vo na toh une kabhi chhod sakta ,aur na hee kabhi unki najron se durr ho sakta hai ,har safar mein unhe uski zarrorat hai aur ushe bhi utni hee zarroart uski hai ,kabhi kuch na cahte hue bhi hamari ruhh hamse vo cheez karvane per majboor kar deti hai jinhe ham karna nahi cahte na hee uski koi umeed hoti hai phir bhi kehte hai kuch paane ke kuch khone bhi parta hai .

toh ye kahani bhi ush saksh ki hai jinki purri adhuri beeti thi vo bhi un chaar deewaro ki khamoshi mein jaha vo khud hee ke mushafir thhe aur unke raste bhi unhone khud hee chune thhe ,vo jante thhe ki jish tarah ke raste unhone ne chune sayad vo unhe apni manjil seh kaffi durr kar sakti hai ,phir bhi unhone kabhi ushe chhoda bash uske sath ap[ni purri zindagi ek umeed ke hisse mein chhod di , unki kahani suru karne seh pehle mein ek saval har kishi seh puchna cahta jinhone apno ke rishte chhodkar kishi aur ke rishto per ungli uthayi hai ,jab ek saksh galat hai toh ushe apni galti kyun nahi dikhti vo kishi aur laalchan kyun lagata hai ki mein galat nahi tha hamare rishte mein ? tum galat thhe tumhari soch galat thi ,tumhari sachi aur tumhari har ek vaade bash juth ke saaye mein thhe .

khair beigairat ye sabd bhi ushi waqt nikalte hai jab taqleef ki haade hamar hissee seh kaffi durr chale jata hai ,aur baad mein ishe soch kar ham khud ki najron ko hee khed ki bhavna seh dekhte hai ,mujhe lagta mere alfaazo ki seema bhi kuch adheek ho chuski hai ishliye chaliye ush saksh ki kahni ko aage badhate hai .
KRISHNA NAGAR (BIHAR) toh ye kahani krishna nagar seh ush saksh ki dastan batane vala hun jinki maut toh kaffi pehle chuki hai per unki soch abhi bhi jinda hai vo bhi mere hisse mein ,vo kehte thhe ki

" waqt hamesah insaan ki aehmayiat ko badal deta hai

ishliye hame kabhi kishi seh rishte banane nahi cahiye kyunki baad mein taqleef hame hee hoti hai agar tum zindagi mein asliyat tareeqe seh khush rehna cahte ho toh khud ki parvaah karo ,khud se lado aur khud ke liye hee jeene ki kohsih karo ,kyunki vo uaprvala jab hamer liye kihsi ko bhejta hai toh ye zarrori nahi ki vo saksh hamesha tumhari kismat mein ek hamsafar ki sath rahe aur sath de bhi "

unke paano ki saugat aur bhi kaffi lambi per unke hote hue maine kabhi unke baare mein socha hee nahi , waishe unka naam MR .RAGHUNATH TALPADE tha jo ki peshe seh ek engineer thhe , maine kabhi unhe udash hote hue nahi dekha vo jab bhi hamse milte hamseha khush rehte thhe aur dusre ko bhi khush karne ki koshish karte thhe ,aisha lagta tha ki unhe apne baare mein kuch khabar hee nahi hai bash khud mein hee magan rehna aur jab bhi apne ghar ki taraf unke kadam badhte thhe toh baccho ke sath khelna bash inhi mein unki khushi thi ,kehte hai ek engineer ki soch hamseha un chaar deewaro ki mehfil ko mehfooz rakhne ki saugaat milti hai jo vo bekhoobi badi mehnat seh nibhate bhi hai ,mein un deewaro ki baat nahi kar raha jo hame dhup ke saaye aur thand ki kahirat seh bachati hai aur baarisha aane per uskekehar seh ,mein un chaar deewaro ki baat kar raha hun jishe asliyat mein rsihte kehta hai ,munhe duniya bhar ke logge ke baare mein utni khabar nahi per mein raghunath uncle ko bahut acche seh janta tha ,unhone apno rishto ki aehmayiat khud ke ruhh seh bhi zyada nibhayi hai ,vo cahte toh ush dard ki mehfil ko chhod sakte thhe aur unse durr jakar apni ek nayi duniya bana sakte thhe per unhone kabhi unhe chhoda nahi balki uski jagah unke har dukh sukh mein vo bash unke sath thhe ,aaj ye duniya ek aishi duniya bann chuki hai jaha log khud ki parvaah pehle karte hai aur phir uske baad apne rishto ki phir pyar ,dosti aur bhi kayi dusre saksh ,per raghunath uncle ki toh baatr he kuch aur thi ,agar bachpan mein maine kihsi ke hisse mein insaniyat ki jhalak dekhi hai toh sirf unki aankheiopn mein hee dekhi hai kyunki vo saksh bhalhe hee khud ko toh nuksaan paucha sakta per kishi aur taqleef dene ki ranjish uske hisse mein thi hee nahi ,vo bash apne har ek dard ko apni tabusaam ke peeche ish kadar maharoom kar lete thhe ki unki jagah koi dursa unhe samaj hee nahi paate thhe ,per kehta hai na har kishi ki ek seema hoti jo ek na ek din kabhi na kabhi kihsi ki wajah seh tutt hee jati hai .

RAGUNATH uncle waiseh normally toh bihar seh nahi tha per jab unka transfer hua toh vo apne sehar mumbai ko chhod kar apni janam bhumi bihar aa pauche vo bhi sayad 2011 mein ,mujhe toh koi khabar bhi nahi thi na mein unke baare mein kuch janta tha ,bash sabko ye kehte zarror suna tha ki mohalle mein jo padoshi aaya hai sayad vo thoda pagal hai har kishi ko dekh kar bash haste rehta hai ,per unhe asliyat pata hee kaha thi ki ke khushi ko paane ke liye bhi apko kayi gam chupane parte hai ,aur agar koi skash har waqt khud ke dard ko chupane ki koshish kar raha hai toh ush waqt hame ye samjhane ki kohsish karni chaiye ki vo taqleef ke ush sagar mein fasha hai jaha koi aur uske ilava reh hee nahi payega , jab mohalle mein kishi aur ki baat hoti thi toh ham bade acche seh unke baare mein sunte thhe aur baad mein unke ghar ke samne unhe naye naamo se chidate thhe kyunki ham ush sachai behad durr the jo raghunath uncle ne apne aandar kayi dino tak chupaye rakha tha ,jab hamare mohalle ke baacho ne raghunath uncle ke baare mein suna toh ham sab ne ye socha ki mohalla mein ek naya murga aaya toh chalo ushe halal kare ,mere kehne ka matlab hai ki jab bhi koi naya saksh hamare mohalle mein aata toh ham ushe pehle bahut pareshaan karte aur ushe kishi na kishi tareeqe seh bhagane ki koshish karte ,kyunki ush waqt nadani hee kuch aishi thi ,per kishe ye kahbar thi ki bachpan ki saitani bhi kihsi ki zindagi barbaad kar sakti hai ,raghunath uncle hamesha har kihsi ko dekh ar bash mushkarate rehte thhe ,ishliye hamne unke naam HASHMUK TALPADE rakh diya tha , aur hamesha jab ham subha mein uthhe toh unke ghar ke pass jakar ye bolkar unhe pareshaan karte ki " aee hashmukhe tu kab royega " , sayad en baateion per kabhi kishe ne gaur nahi kiya hoga per vo kehte hai nadani mein boli har ek baat apki kismat bann jati hai ,hame ish haadse seh bilkul bekhabar thhe ki jo shaap ham raghunath uncle ko apni nadani mein de rahe thhe vo sayad haqqeqat mein bhi unke hisse mein ek din badal sakti hai , aur kuch ish kadar badal sakti hai ye sayad toh unhe bhi khabar nahi thi per ha ek aehsaas tha ki ye sab ek na ek din zarror hone vala hai ,aajkal insaan aur rsihto ki koi keemat nahi hoti jitna ki maine mahasoosh log ishliye ek dusre seh judna cahte hai kyunki vo daulat hai uske pass jiske wajah seh vo khud ek acchi zindagi ee sakta hai vo bhi purri umr bhar aur jab tak ushe sakhs ki daulat unke kaam aate rahegi vo tab tak unke pass rahege ,maine ke hisse mein kaha tha ki mohabatt aajkal bash bajaro ki talim hee bann kar hee reh gayi jishe har koi bash kharidna cahta hai ushe paane ke liye mehnat nahi karna cahta ,ish duniya mein kishi seh mujhe sikhyat nahi hai na hee kishi se koi ershya hai per ha kuch toh hai jo maine aaj ek insaan hone natee ye aehsaas zarror kiya hai ki agar koi insaan apse mohabatt karta hai toh vo apko kabhi chhod kar nahi jayega cahe aap kaiseh bhi kyun na ,apki soch kishi seh milti hai ye nahi militi hai ,ye aap khushi rakh pa rahe ho ye nahi rakh pa rahe ,jab ek saksh akela ish duniya mein aata hai toh vo samaj ki baateion mein kyun fash kar reh jata hai ,kya ye zarrori hai ki ham kishi dharm jati ye kishi kaum ko maane ? kya ye zarrori hai ki ham ush pathar ki puja kare jishe ham bhagbaan mante ? hai aur un risto ko tukhra de jinke saaye ne hame hamseha mehfooz rakha hai vo bhi kishi aur ki nafrat seh ? khair aajkal log apne irado mein toh pakke ho jate hai per apno rishto mein unki soch hamesah kacchi hee rehti vo bhi sadko ki tarah jisper chalne seh hame har waqt ek nayi taqleef ka samna karna parta hai , aishe hee irade SARITA TALPADE ki bhi thi jo ki raghunath uncle ki patni bhi thi rsihte mein per unhone ne kabhi ushe acche tarreqe seh nibhaya hee nahi ,rishto ki sachai seh mein bhale hee acchi tarreqe seh purri tarah waqif nahi hu per ha itna zarror janta hun ki agar kishi saksh ki nakamyabi ek rishte ke beech aa jaye toh ush waqt vo rishte tutt nahi jate , na hee unse kabhi durr ho jate hai ,aur na hee vo unhe ush taqleef ke saaye mein vo bhi akele chhod kar chale jate hai , kehte hai agar kishi cehre ki mohtaaaz ek khushi ko dikhati hai toh ush waqt tanhaiye ke lamhe usse kaffi durr rehte hai ,per kisne ye socha tha ki raghunath uncle ki khushi hee unke liye ek khamoshi ki wajah bann jayegi ,ek saksh ki soch ki khairat kabhi ye soch bhi nahi skati ki uski acchi aadat hee uske liye ek burri pechaan ban jayegi aur raghunath uncle ki bhi sabse badi kamjoori unki khushi hee thi jisne unhe bahri mehfil dard ke vo saahil dikhaye jiski wajah seh vo khud ko bhi unki yaadeion mein mahroom kar chuke thhe ,bhul chuke thhe khud ki pechaan ko aur unse jude har ek rishto ko bhi , aur uniki yaadeion unke jehan mein bash ek jehar bann kar unke wajood ko har waqt unse bash durr lekar ja rahi thi ,ish hisse mein toh sayad mein unke halat purrri tarah na bata paayun per agle hisse mein sayad vo wajah pata chal jaye jiske wajah seh unhone khud ke jeene ki saugat ko bhi un khushyion ke lamhe mein ghumsuda kar diya tha .

"AAYNE KI
KHAIRAT
MEIN CEHRE
SAAF HO
YE ZARRORI
TOH NAHI
AUR HISSE
MEIN
EK KHUSHI
KE BADLE
HAMESHA
KHUSHI HEE
MILI
AISHI KOI
KISMAT
USH KHUDA
NE
LIKHI HEE
NAHI .
MEIN JEET
KAR BHI
KHUD MEIN
HEE HARR
GAYA
KUCH CHAND
YAADEION
KI WAJAH
SEH

HEE
MEIN UN
RISHTO
SEH TAKRA
GAYA
MEIN JANTA
THA KI
VO MERE
APNE HEE
HAI
PHIR BHI
MEIN UNKI
PARCHAI
DEKH KAR
GHABRA
GAYA .

"

III

THE REASON OF SEPRATION

Kishi ki khushi bhi tanhaiye ki wajah bann sakti hai ye
kabhi socha nahi tha ,kyunki jaha tak maine zindagi dekhi
hai log ek dusre ki khushi mein hee apni khushi dhundte
hai ,per ye maine suna hai kabhi dekha nahi tha ,na kishi

ki mehfil mein na un chaar deewaro ki khwaish mein ,log ishliye nahi badlte kyunki unke halata ush waqt kuch theek nahi hote ,ye waqt ki beigairat fanah unhe tabah kar deti ,ye vo vo khud ko majboor samjhate hai ,ish duniya mein har ek cheez hamare hathon mein nahi kyunki unki taqdeer hee ek aishe waqt seh judi hai jiski soch seh ham sab kaffi alaga bann chuke hai ,vo kehte hai tanahiye ke aalam mein koi nahi rehna cahta per khusiyo ki cahdar mein har ek saksh apni tabusaam ko dhundta hai ,kuch lamhe safar mein aishe bhi hote jinhe cahte hue bhi ham unki rahho per cahlne ki tamana kho dete hai ,yeha har ek saksh kishi na kihsi cheez ke peeche bhaag hee raha hai ,kishi ko farogh chaiye toh kihsi o mohabatt toh kishi ko khud ki vo jagah jaha vo har kishi seh durr rahe apni khushi seh bhi ,jab lambe waqt apko kishi cheez ki aadat ho jati hai na toh vo cheez kabhi apse durr nahi ja sakti ,ye u kahiye ki ham ush cheez bhula hee nhai paate ,cahe vo ush sakh seh jude burre haadse hee kyun ho ,ham tab bhi unhi ke peeche bhagte hai ,yeha har kishi ko ye baat pata hai ki zindagi mein jsihe cheez ki cahat ham khud seh bhi zyada karte hai na vo hamare naseeb mein kabhi mualzim waqt pe nahi milti , waqt ki cahat har ek cheez badal deti hai majboor kar deti hai kishi ke samne khud ke liye jeene ke do pal mangne ke liye .

raghunath uncle ki zindagi mein ye moor tab aaye jab vo apni zindagi mein kaffi khush thhe ,unhe apni bimari kabhi apni lagti hee nahi thi kyunki jo bhi saksh unse milta vo kabhi unki baateion se naraj hee nahi hota ,per vo kehte hai na jab purri mehfil khusiyon ki numaaish mein rehti hai toh gam ke badal kishi ek ghar ko purri tarah barbaad kar deti aur ush din raghunath uncle ki zindagi mein vo barbaai aane vali thi ,jiski na toh unhe na toh kuch khabar thi aur ne hee koi aehsaas .

miss sarita talpade jo ki unki patni thi ,unhone kabhi unka sath nahi chhoda cahe halat kaise bhi kyun na ho ,vo har waqt bash unke sath rahi ,har khusi mein har gam bash vo unke sath kahdi rahi ,per ush din ye baateion bhi badal chuki thi aur unke halat bhi ,aisha kyun hua ? ye baat kishi ko bhi pata nahi chali ,bash unke ghar seh ek din chilne ki aawaz aayi aur uske baad miss sarita apne baccho ke sath raghunath uncle ko akele chhod kar chali gayi ,ush waqt hamari purri society bash unke ghar ke taraf hee dekh rahe thhe aur bahut saari baateion bna bana rahe thhe

conversation

"ki raghunath ka toh chakkar chal raha tha kishi dusri aurat seh ,aree tumhe pata nahi kya vo purri tarah seh pagal hai apne sasur ke maut per bhi vo roya nahi bash hashe hee ja raha tha ishliye uski patni ne uske sath chhod diya ,aur maine toh suna hai ki ushe kam per seh nikal diya gaya hai ,rsihbat lete jo pakda gaya ".
zindagi bhi ajeeb rang dikhati hai na ,kabhi itni khushi d deti hai ki ush khushi ko ham kabhi sambhal hee nahi paate aur kabhi itne gam de deti hai ki khud ki chhoti shi majboori bhi ek maut ke barabar mahasoosh hoti hai ,rishte jab adhure ho na toh aap kishi saksh ko ush cheez seh nikal sakte ho per ushi ke jagah agar vo rishte purri mohabatt aur bharoshe ki badolat banaye gaye ho toh aap kabhi ush cheez seh bahar nikal hee nahi sakte kyunki vo wajah bann jati hai apki jeene ki ,aap kabhi usse muh nahi moor sakte , bachpan se yen sua tha ki rsihte toh uaprvala banata hai ,aur jo kuch bhi hai bash ush uparvale ki mahima hai aur kuch nahi ,per kya sach mein ? mujhe toh en baateion per bishvaas hee nahi hota kyunki baghvaan kabhi itne kacche rishte nahi banata jo halki shi hava dekh

kar bhi ek dusre ka sath chhod de ,ha samjhata hun kuch majbooriyan hoti hai jo ek dusre ek sath na rehne per majboor kar deti hai per un majbooriyon ka haal bhi hota hai ,aajkal chhoti shi baateion per bhi ham kishi ko khud seh ish ladar durr kar dete hai ki vo saksh itna tutt jata hai ki vapas lautne gujarish mein bhi ushe khamoshi ke do pal hee milte hai .

ush din kayi logge ne kayi baateion kahi per sirf raghunath uncle hee ye baateion jante thhe ki asli wajah kya hai per unhone kabhi kishi seh kuch jahir nahi kiya log unhe haste rehte thhe per tab bh unhoen ne kuch kaha ,vo bhi unhe dekh kar uni baateion sunkar bash haste hee rehte thhe ,kayi baar toh logge ne ye bhi keh diya unse ki tu ish duniya mein hai hee kyun na toh teri patni tere sath hai aur na hee tere bacche ,lagta hai teri biwi tujseh khush nahi thi ,koi gupt rog toh nahi hai na tujhe ,pehle ye baateion samaj mein nahi aati per aab jab aehsaas hota hai toh aandar seh ruhh bhi kapp jati hai ki ush saksh akhir ishe kaishe jhela hoga ,itne dard ko jhelkar bhi vo khushi kabhi apne cehre se usne jane hee nahi dii ,kaishe sehte hoge vo har ek din har ek lamhe vo bhi un rsihto ke bina jo har waqt toh unke sath thhe per jab ek chhti shi majboori ne unke ghar mein dastak dii toh unhone unka sath chhod diya .

kehte hai jab kishi ko rishto mein jhakm mile toh vo saksh apni aadat aur fidrat dono badal deta hai ,per raghunath uncle ko maine kabhi aisha dekha heenahi na toh kabhi kishi ki baateion sunkar unper gussa karte aur na hee kabhi ladai ,baad mein pata chala ki unki patni apne baacho ke sath america chali gayi ,iska baad jo kabhi nahi soca tha akhir kar vhi hone laga , jish saksh ke cehre per maien kabhi vo khamoshi nahi dekhi aab vhi unke har din ki sururaat bann chuki thi ,vo gussa jo kishi ne bhi itne dino tak unke cehre per nahi dekha aab vo saaf dikhayi de raha tha ,log jo pehle unka majak udate thhe aab vhi unke paas aane seh bhi ghabrate thhe agar kishi ki mehfil barbaad hai toh behshak ham bhi usme shammil ho sakte per agar kishi ki duniya hee barbadi ki mehfil mein bani hai toh ham usme kabi shammil nahi ho sakte kyunki ush mehfil mein jo dard ki riwayat milti hai vo koi aam insaan jhel hee nai sakta .

en sab ke baad na toh unhone maine haste dekha na hee vo tanhiye dekhi cehre pe jo kishi ki mohabaat seh tuttne seh milti vo bash khamosh ho chuke thhe unki tanhiye bhi kuch ish kadar ki thi jishe na toh koi saksh ush mehfil mahasoosh kar sakta tha aur na jhakm ka koi ilaj kar sakta tha ,agar ek saksh ki aankehion seh agar dard ke vo aasyun bahar nikla jaye toh ush sambhala ja sakta hai vo apni nayi zindagi ki suruaat kar sakta hai ,per waqt ke rehte agar vo dard apki fidrat bann gaya toh vo apki jaan lekar hee manega ,ek jinde sarrer ko samsaan ki ush rakh mein badal dega jaha sirf aag ki lapte hongi aur sunsaan shi raahe .

raghunath ki khamoshi bhi kuch ish kadar ki hee thi vo apni saaseion toh le rahe per unki purri jaan unke parivaar ke sath hee thi ,jo ki ush waqt unse kaffi durr thi ,na toh koi call na hee koi mesaage ,bash unki tasveer ko dekhar ek chhoti shi muskaan aur iske baad phir ush tasveer ko gale seh laga kar so jana bas yehi unki aadat bann chuki thi unke vha seh jane ke baad ,aab halat waqt ke sath aur bhi bigar chuke thhe raghunath uncle aab har din bimar parne lage unhone kayi baar apna ilaj bhi karvaya per unki halat sudharne ke wajah aur khrab hone lagi ,per hairani ki baat toh hai ki unhone tab bhi apne parivaar ko apne halat ke baare mein kabhi nahi bataya ,na hee pane bete ko aur na hee pani patni aur apni beti ko bash hisse mein jo dard ki sifarish unki yaadeion mein unhe mill rahi thi vo bahs unhi ke sahre jee rahe thhe ,vo kehte hai jab jeene ki iccha hee andar seh marr jati hai toh koi dua aur daba ush waqt kaam hee nahi aati vo bash ek shaap bann jati jo unke dard ko aur bhi badha deti hai ,maut kabhi mukti nahi bann sakti aur zindagi kabhi kishi tarah ki qafas nahi hoti , unhone ish tanhiye ko kaffi din jhel liya aur unke ish halat ko dekhkar society valo ne bhi unke parivaar ko kaffi barr call try kiya aur kayi baar paatr bhi bheje per udhar seh na toh kishi ne unka haal pucha aur na hee koi javab diya ,aisha lag rha tha ki jo duniya bahut pehle seh nuke sath thi vo ek hee pal mein unse durr ho gayi ,unki aankheion ke samne ish kadar ek saaye mein chup gayi jiski tasveer na toh saaf thi aur na hee khrab ,en sab ke baad har koi unki halat dekhar unke baare mein puchne aa jata aur unki madad bhi karta per unhone tab bhi kishi ko taqleef nahi di vo tab bhi yehi bolte ki sukriya per mein ye kar lunga per sath dene ke liye bahut bahut sukriya !

unhone ne na toh apne halat kabhi jahir kiye aur na hee kabhi khud ke mahasoosh hone diya ki vo kish dard ki sifarish bann chuke hai bash vo jeene ki fidart ki maut ki sifarish mein badal chuke thhe bashi itni hee wajah thi ,aur jish baat ka ham sab ko darr akhir kar vhi hua ?

19 march ko unki maut ho gayi vo bhi heart attack seh ,jo bhi ish kahani ko padh rahe unse ek guarish hai ush saksh kamjorr na samjhne ki riwayat kare kyunki jisne apno seh mili tanhiye ko bhi tabusaam ki cahat mein bade acche seh jhela hai na vo saksh kabhi kamjoor ho hee nahi sakta ,vo bahut majboot thhe ,per pata hai vo saksh akhir jeet kar bhi harr kyun gaya kyunki vo majbbot toh tha per usne khud ki khushi unhi rishto ke naam kar di jisne unhe kabhi apna samjha hee nahi ,agar saksh kamyaab hai toh

har koi sath deta hai ,per vo sath haii hee kaha jo kishi ki kamaybi ko dekhar hame unke arreb lekar jaye ,juthe vo rishte jo kishi ki kamaybi ko dekhkar banaye jate hai ,unka koi wajood nahi hai ,na hee koi pechaan hai ,khokle hai unki baateion aur sarre yaadeion bhi jo ek dusre ke sath milkar banate hai , ye sab hone ke baad unki patni aayi toh per unke liye nahi apne ghar ke liye unki daulat ke liye aur apne hisse ke liye kyunki bahle hee uniki baateion nahi hoti per raghunath uncle apni purri salary unhe hee bhejte thhe ,akhir ish duniye koi saksh jinda reh kar bhi kya karega ,agar rihsto ko jodne ki keemat maut hoti hai toh nahi cahiye aishe rishte ,jo apki daulat ki wajah seh ye aap kahi na kahi kamiyaab ho agar koi saksh uski wajah seh apke sath hai toh chhod de aishe sath ko kyunki insaniyat insaano ke sath nibhai jati hai lalach ke sath nahi .

khair en sab ke baad ush ghar mein kabhi kishi ne dastak nahi di ,na toh unke parivaar ne aur na hee hamari society mein seh kishi ne kyunki sab ke yeh manna tha ki ush ghar mein unki aatma ghumti hai jo kishi ke ush darvaje ke aandar nahi jane deti aur agar koi saksh galti seh unki rekha ko parr karta hai toh vapas kabhi nahi lauta ,en sab ke baad unke sarre ko toh jala diya gaya per unke ghar ke aandar na toh unke parivaar ne kabhi dastak di aur na kishi bahri sakhs ne andar jaane ki himmat ki kabhi ,ghar ki halat jaishi thi waishi hee reh gayi ,per kaha jata hai ki har raat ko ush ghar mein diye jalta hai aur purra ghar mein sirf roshanee hee hoti hai ,aab ye baat kitni juth hai aur kitni sach ye toh agle hisse mein hee pata cahli gi ,per raghunath uncle ki maut heart attack seh nahi thi balki unki hatya hui thi ? per unki hatya ki kisne ye bhi ek raheshya hee hai bakki raheshya ki tarah jinper seh abhi purri tarah parde bhi nahi uthe hai ?

sarre toh jala diya tumne per ruhh ki bagabaat abhi bakki
hai aur jo cehre aaj khushi ke lamhe mein meri barbaadi
ka anjaam dekh rahe abhi unki saja bakki hai .

"

*KABR
KI MOHLAT
TOH
KAFFI PEHLE
TAY
KAR DI THI
UNHONE
VO TOH
MERI RUHH
THI
JISNE BEIGAIRAT
KABHI USH
MEHFIL
KO
APNAYA HEE
NAHI .*

*KI MUJHE
RISHTO
KA VAASTA
MATT DIYA
KARO
NIBHANE MEIN
BADA
KAMJOOR
HUN
AGAR GALTI SE*

UNHE
NIBHANE
MEIN
KAMAYAAB
NA RAHA
TOH BEWAJAH
MERI
PURRI
DUNIYA
HEE LUTT
LEGE
VO .
"